Andreas Raabe

Lösung algebraischer Gleichungen von beliebig hohem Grade, auch mit complexen Coefficienten, mit Hilfe des Gauss￿-schen Schema￿s für complexe Grössen

Antigonos

Andreas Raabe

Lösung algebraischer Gleichungen von beliebig hohem Grade, auch mit complexen Coefficienten, mit Hilfe des Gauss's-schen Schemas für complexe Grössen

Unveränderter Nachdruck der Originalausgabe von 1871.

1. Auflage 2024 | ISBN: 978-3-38631-972-0

Antigonos Verlag ist ein Imprint der Outlook Verlagsgesellschaft mbH.

Verlag: Outlook Verlag GmbH, Zeilweg 44, 60439 Frankfurt, Deutschland, info@outlook-verlag.de
Vertretungsberechtigt: E. Roepke, Zeilweg 44, 60439 Frankfurt, Deutschland
Druck: Libri Plureos GmbH, Friedensallee 273, 22763 Hamburg, Deutschland

Lösung algebraischer Gleichungen von beliebig hohem Grade, auch mit complexen Coëfficienten, mit Hilfe des Gauss'-schen Schema's für complexe Grössen.

Von **Andreas Raabe**,

Caplan.

(Mit 6 Holzschnitten.)

(Vorgelegt in der Sitzung am 13. April 1871.)

Man hat auf vielfache Weise versucht, eine Zusammenordnung von Buchstaben, welche die Stelle der Coëfficienten einer algebraischen Gleichung von beliebig hohem Grade vertreten, in einen mathematischen Ausdruck, welcher dem Wurzelwerthe der Gleichung gleichkommt, zu bewerkstelligen. Es würde dies dazu dienen, unter solcher noch verschlossenen Form eine Wurzel in Untersuchungen und Rechnungen weiter zu verwerthen. Jedoch ist erwiesen worden, dass nicht für jeden beliebigen Grad der Gleichung solche Zusammenordnung möglich ist. Dem gegenüber erscheint es als blosse Zufälligkeit, dass es beim zweiten, dritten, vierten Grade möglich ist. Nach irgend einer gangbaren Lösungsart numerischer Gleichungen zu urtheilen, scheint jedoch durch jene Unmöglichkeit nicht viel verloren zu sein, indem ja doch einmal auf einem gewissen Punkte des Verfahrens für die allgemeinen Zeichen der Coëfficienten ihr besonderer Zahlwerth eintreten muss, wenn man die Wurzeln in ihrer numerischen Gestalt vor Augen haben will.

Weil man hierin jedenfalls grossentheils mit complexen Grössen sich beschäftigen muss, so erscheint das Schema der complexen Grössen, welches Gauss entworfen hat, zur Berechnung der Wurzeln einzig geeignet. Auf eine bestimmte Stellung des Schema's bezog sich, was der Engländer Cotes behufs der Wurzeln der Gleichung $x^m \pm 1 = 0$ construirte.

Durch dasselbe Schema einen befriedigenden Weg zu den Wurzeln einer beliebigen, mit einfachen oder auch complexen

Coëfficienten und reellen Exponenten gegebenen Gleichung zu geben, ist hier unsere Aufgabe.

§. 1.

Die allgemeine Form einer Gleichung sei:

$$1) \qquad 0 = a + a_1\sqrt{-1} + (b + b_1\sqrt{-1})x + (c + c_1\sqrt{-1})x^2 +$$
$$+ (d + d_1\sqrt{-1})x^3 + \ldots$$

Die Wurzel wird im Allgemeinen die Form haben

$$\pm y \pm z\sqrt{-1} = x.$$

Durch Einsetzung dieses Werthes in 1) entsteht:

$$2) \quad a + by - b_1 z + c(y^2 - z^2) - c_1 \cdot 2yz + d(y^3 - 3yz^2) - d_1(3y^2 z - z^3)$$
$$+ e(y^4 - 6y^2 z^2 + z^4) - e_1 \cdot (4y^3 z - 4yz^3) + \ldots$$
$$\pm \sqrt{-1}\begin{cases} a_1 + bz + b_1 y + c \cdot 2yz + c_1(y^2 - z^2) + d(3y^2 z - z^3) \\ + d_1(y^3 - 3yz^2) + e(4y^3 z - 4yz^3) + e_1(y^4 - 6y^2 z^2 + z^4) + \ldots \end{cases}$$

§. 2.

Um bei der Untersuchung das Gauss'sche Schema für die Zeichnung bereit zu haben, geben wir ihm folgende Stellung:

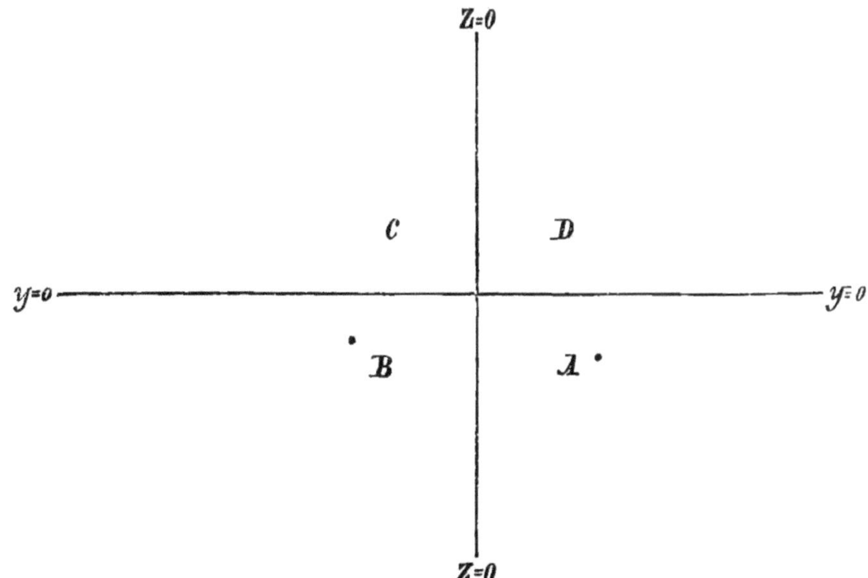

Um uns in geläufiger Weise darauf zu bewegen, entlehnen wir von den Landkarten die vier Himmelsrichtungen und ihre Lage. Demnach sei nach dem Leser hin Süden, zur Rechten Osten etc.

Die Nordhälfte habe negatives y, die Südhälfte positives; die Westhälfte habe negatives, die Osthälfte positives z. Dadurch wird unserer Art, die Zahlen in natürlicher Folge zu schreiben, entsprochen; von der Linken zur Rechten, und von Oben nach Unten nehmen dieselben zu.

<h3 align="center">§. 3.</h3>

Auf der Linie, welche von Norden nach Süden läuft, sei $z=0$; dieselbe heisse Axe $z=0$. Auf der anderen Linie sei $y=0$; dieselbe heisse Axe $y=0$.

Der in der Zeichnung aufgefasste Punkt A zeigt also einen Werth an, dessen reeller Theil der Entfernung des Punktes von der Axe $y=0$ entspricht und positiv ist, und dessen imaginärer Theil ebenfalls positiv ist, und der Entfernung von der Axe $z=0$ entspricht.

Ebenso zeigt B einen positiven reellen und einen negativen imaginären, C einen negativen reellen und einen negativen imaginären, D einen negativen reellen und einen positiven imaginären Werth an.

<h3 align="center">§. 4.</h3>

Fasst man in der Zeichnung einen beliebigen Punkt auf und setzt das ihm zukommende y und z in die Formel 2) ein, so ergibt sich als Werth derselben Formel ein Ausdruck, der eine aus folgenden neun Gestalten hat:

$$
\begin{array}{lll}
+A+B\sqrt{-1} & 0+B\sqrt{-1} & -A+B\sqrt{-1} \\
+A+0 & 0+0 & -A+0 \\
+A-B\sqrt{-1} & 0-B\sqrt{-1} & -A-B\sqrt{-1}.
\end{array}
$$

Fasst man einen anderen Punkt auf, so wird der Werth der Formel 2) ein anderer sein. Ist die Lage des anderen Punktes um nur weniges verschieden von der des ersten, so wird entsprechend auch der Werth um wenigeres verschieden sein. War z. B.

$+A$ in jenen neun Gestalten gross, so wird bei geringerer Verlegung des Punktes der reelle Werth nicht zu 0 oder zum Negativen gelangen. Man erkennt hieran, dass es im Schema oder in der Zeichnung Gebiete gibt, wo die Punkte den reellen Werth der Formel 2) positiv machen, und dass in den übrigen Theilen des Schema's derselbe negativ wird; ferner dass es dort Gebiete gibt, wo der imaginäre Werth positiv wird, und dass derselbe in den übrigen Gebieten negativ wird. Das Reelle und das Imaginäre wollen wir mit Einem nennen: die Arten der Grössen, Grössenarten.

§. 5.

Wir erkennen bereits die Existenz verschiedener Gebiete im Schema, solcher nämlich, wo eine Grössenart im Werthe der Formel 2) positiv, und solcher, wo dieselbe Grössenart negativ wird. Die Grenzen zwischen beiderlei Gebieten sind natürlicherweise Curven. Wenn ein Punkt auf einer solchen Curve aufgefasst und seine Werthe in Formel 2) eingesetzt werden, so wird von den Grössenarten eine $= 0$ werden. War es eine Curve, welche zwischen Gebieten des Reellen die Grenze macht, so wird die Gestalt des Werthes von 2) von folgenden dreien eine sein:

$$0+B\sqrt{-1} \qquad 0+0 \qquad 0-B\sqrt{-1}.$$

War es aber eine Curve, welche zwischen Gebieten des Imaginären die Grenze bezeichnet, so sind die Gestalten diese:

$$+A+0 \qquad 0+0 \qquad -A+0.$$

Die Gestalt $0+0$ erkennen wir als jene, welche den aufgefassten Punkt als auf beiden Grenzcurven zugleich, auf ihrem gemeinschaftlichen Schnittpunkte liegend erweist. Solcher Punkt stellt eine Wurzel der Gleichung dar.

§. 6.

Darum haben wir behufs Aufsuchung der Wurzeln die Anzahl und die Lagen der verschiedenen Curven zu erforschen, wovon diejenigen, welche die Gebiete begrenzen, wo das Reelle ein bestimmtes Vorzeichen hat, r e e l l e, die übrigen aber i m a g i näre Curven heissen sollen.

Im Schema kann man nun zu diesem Zwecke beliebige gerade Linien auffassen, indem man ein bestimmtes Verhältniss der y und z zu einander festsetzt, und demgemäss in Formel 2) einsetzt. Es wird sich zeigen, wie oft eine solche Linie eine reelle, wie oft sie eine imaginäre Curve schneidet. Im Allgemeinen wird eine b e l i e b i g gezogene Gerade so vielmal eine reelle Curve schneiden, als wie hoch der Grad der gegebenen Gleichung ist. Zu diesen Curven, welche geschnitten werden, gehört auch die Axe $y=0$ in dem Falle, dass das Absolutglied der Gleichung imaginär ist, weil dann diese Axe eine Linie ist, deren Punkte in der Formel 2) den reellen Werth zu 0 machen. Eben so verhält sich jene Gerade zu den imaginären Curven und zur Axe $z=0$, welche bei reellem Absolutgliede zu den imaginären Curven zählt. Bei complexem Absolutgliede gelangt keine der Axen zu der erwähnten Rolle.

§. 7.

Es werden sich dabei aber bald solche Verhältnisse der y und z zu einander herausstellen, durch welche in Formel 2) der Coëfficient des letzten Urcoëfficienten (der in der gegebenen Gleichung ein Coëfficient ist) in einer Grössenart zu 0 wird. So z. B. von der mit bloss reellen Coëfficienten versehenen Gleichung

$$0=a+bx+cx^2+dx^3+ex^4$$

in der Formel 2) der Ausdruck $y^4-6y^2z^2+z^4$.

Derselbe wird bei einem bestimmten Verhältniss $y:z$ zu 0. Ebenso wird bei einem anderen Verhältnisse der beiden der im Imaginären stehende Ausdruck $4y^3z-4yz^3$ zu 0.

Hat also die beliebige Gerade eine Richtung, wodurch jener bei (lauter) reellen Urcoëfficienten zum Reellen gehörige Ausdruck $=0$ wird, so wird sie im Allgemeinen Ein Mal weniger eine reelle Curve schneiden können. Hat sie aber eine Richtung, wodurch der zum Imaginären gehörige Ausdruck $=0$ wird, so wird sie von einer imaginären Curve im Allgemeinen Ein Mal weniger geschnitten werden.

Zur leichteren Erkenntniss dieser erforderlichen Verhältnisse haben wir die Formel 2) zuerst durch verschiedene Einsetzungen umzuformen.

§. 8.

Es werde gesetzt $y = r \sin \alpha$, $z = r \cos \alpha$, wo r die Entfernung eines beliebigen Punktes vom Mittelpunkte des Schema's, α der Winkel, welchen die letztere, beide Punkte verbindende Gerade mit dem östlichen Theile der Axe $y = 0$ in der Kreisrichtung nach Süden bildet. Ein negativer Winkel α wird also den nach Norden gemessenen Winkel angeben. Das r ist indifferent. Wandeln wir sogleich auch die Summen der Potenzen von den Sinus und Cosinus in Sinus und Cosinus der Winkelvielfachen, so wird daraus:

$$a + (b \sin \alpha - b_1 \cos \alpha)r - (c \cos 2\alpha + c_1 \sin 2\alpha)r^2 - (d \sin 3\alpha$$
$$- d_1 \cos 3\alpha)r^3 + (e \cos 4\alpha + e_1 \sin 4\alpha)r^4 + (f \sin 5\alpha - f_1 \cos 5\alpha)r^5 -$$

$$3) \qquad \pm \sqrt{-1} \begin{cases} a_1 + (b \cos \alpha + b_1 \sin \alpha)r + (c \sin 2\alpha - c_1 \cos 2\alpha)r^2 - \\ -(d \cos 3\alpha + d_1 \sin 3\alpha)r^3 - (e \sin 4\alpha - e_1 \cos 4\alpha)r^4 + \\ +(f \cos 5\alpha + f_1 \sin 5\alpha)r^5 + \dots \end{cases}$$

§. 9.

Nun soll eine Gerade so gewählt werden, dass der Coëfficient der höchsten Potenz einer der beiden Grössenarten $=0$ wird. Ist die gegebene Gleichung vom $2n$ten Grade, so wird im Reellen der Coëfficient, welcher sei

$$+ \nu \cos 2n\alpha + \nu_1 \sin 2n\alpha$$

zu 0, wenn $\operatorname{tg} 2n\alpha = -\dfrac{\nu}{\nu_1}$. Im Imaginären wird der betreffende Coëfficient, $\nu \sin 2n\alpha - \nu_1 \cos 2n\alpha$, zu 0, wenn $\operatorname{tg} 2n\alpha = +\dfrac{\nu_1}{\nu}$.

Ist die Gleichung vom $(2n+1)$ten Grade, so wird im Reellen der betreffende Coëfficient $=0$, wenn $\operatorname{tg}(2n+1)\alpha = +\dfrac{\nu_1}{\nu}$. Im Imaginären wird der betreffende Coëfficient $=0$, wenn $\operatorname{tg}(2n+1)\alpha = -\dfrac{\nu}{\nu_1}$. Der jedesmal dem sich ergebenden Tangentenwerthe angehörige Winkel wird in $2n$ oder in zwei $2n+1$ gleiche Theile getheilt, und solcher ist α, nach §. 8.

Nehmen wir das r so, dass bloss die höchste Potenz desselben zu beachten bleibt, also $r = \infty$, so wird das Product dieses r mit dem Coëfficienten, welcher 0 ist, unbestimmt. Als wahrer Werth dieses $0 \cdot \infty$ ergibt sich beim $2n$ten Grade nach $2n$ Ableitungen der beiden Factoren: 0mal eine endliche Grösse$=0$; beim $2n+1$ten Grade nach $2n+2$ Ableitungen: $0 \cdot 0 = 0$. An solcher Stelle ist demnach eine der beiden Grössenarten im Werthe der Formel 3) gleich 0 zu setzen. Der Punkt liegt auf einer Curve und zugleich auf einer bestimmt gewählten Geraden. Letztere schneidet die Curve hier auf eine unendliche Weise, d. h. sie vereinigt sich mit ihr. Daraus ergibt sich, dass die so gewählte Gerade eine **Asymptote** zu der Curve jener Grössenart ist.

Weil die Formel 3) sich darauf gründet, dass der Scheitel des Winkels α im Mittelpunkte des Schema's liegt, so erkennt man die Asymptote als eine durch denselben Mittelpunkt gehende Gerade.

§. 10.

Weil der Werth der Tangente derselbe ist, wenn $2n\alpha$ um π geändert wird, darum ist eine von jener zuerst erkannten Asymptote um $\dfrac{\pi}{2n}$ abstehende Gerade wieder eine Asymptote, an einer Curve nämlich derselben Grössenart. Wenn also die Lage Einer Asymptote gefunden ist, so hat man sogleich die Lage jeder anderen Asymptote für Curven derselben Grössenart. Die Asymptoten für die Curven der anderen Grössenart liegen nun genau in der Mitte, jede einzelne zwischen je zwei Asymptoten für die Curven der einen Grössenart, weil obigem $-\dfrac{\nu}{\nu_1}$ ein $+\dfrac{\nu_1}{\nu}$, und dem $+\dfrac{\nu_1}{\nu}$ ein $-\dfrac{\nu}{\nu_1}$ gegenüber steht, wo also die Tangentenwerthe von je um einen Quadranten verschiedenen Winkeln auftreten. So erscheint nach je Einer Asymptote von der Curve einer Grössenart Eine Asymptote von der Curve der anderen Grössenart. Jede Asymptote liegt von der anderen um den sovielten Theil eines Quadranten entfernt, als wie hoch der Grad der Gleichung ist. Wenn $\nu=0$ oder $\nu_1=0$, so werden die Axen $y=0$ und $z=0$ um denselben Winkel von den Asymptoten entfernt sein.

Durch den Mittelpunkt des Schema's wird jede Asymptote in zwei Hälften getheilt, welche in Bezug auf einander Gegenhälften heissen sollen. — Eine Curve heisse, insofern sie zu einer Asymptote gehört, die Anschmiegende dieser Asymptote. — Nun frägt es sich, an welcher Seite der verschiedenen Asymptoten die Anschmiegende jedesmal liegt.

§. 11.

Eine Asymptotenhälfte bildet mit einer Axe einen Winkel, dessen Sinus und Cosinus das umgekehrte Vorzeichen haben von den Sinus und Cosinus, die dem durch die Gegenhälfte mit derselben Axe gebildeten Winkel zukommen, welchen sie übrigens gleich sind. Werden nun beide Winkel in demselben Sinne um ein Gleiches geändert, so tritt der Werth des Coëfficienten der höchsten Potenz aus 0 um so viel ins Positive an einer Stelle, um wie viel an der anderen ins Negative.

§. 12.

Aus der Existenz des Absolutgliedes der gegebenen Gleichung folgt, dass von den Curven keine einzige durch den Mittelpunkt des Schema's geht. Denn die r wachsen von 0 an, und irgend eine Zeit lang wird das Absolutglied gegen die durch r hereinkommenden Werthe vorwiegen und dadurch die Curve vom Mittelpunkte abhalten.

§. 13.

Wie das Vorzeichen des reellen Theiles des Absolutgliedes, oder wenn es $=0$, wie das Vorzeichen des reellen Theiles des Coëfficienten der niedrigsten Potenz ist, so wird das des reellen Werthes der Formel 3) sein auf allen beliebigen Punkten, welche vom Mittelpunkte an bis an irgend eine reelle Curve liegen. Jenseits Einer (oder einer ungeraden Anzahl solcher) Curven wird das Vorzeichen das entgegengesetzte sein. Ebenso wird vom Mittelpunkte aus das Imaginäre jenes Vorzeichen haben, welches der imaginäre Theil des Absolutgliedes oder die niedrigste Potenz des x der gegebenen Gleichung hat, und dasselbe Vorzeichen gilt wiederum bis an die imaginären Curven.

Wir schliessen aus §§. 11, 12, 13:

Die Anschmiegenden liegen alle nach derselben Himmelsrichtung hin an ihren Asymptoten.

§. 14.

Eine jede Gerade nun, welche vom Mittelpunkte weit genug entfernt gezogen wird, wird im Allgemeinen von den Curven jeder Art so oft geschnitten werden, als wie hoch der Grad der Gleichung ist.

§. 15.

Eine jede einzelne Anschmiegende wird nach dem Vorhergehenden, wie sie aus dem Unendlichen an einer Asymptote herkommt, an einer anderen Asymptote wieder ins Unendliche zurückgehen. Denn es gibt gemäss der eben angegebenen Anzahl der Schnittpunkte nicht mehr Curvenzweige als Asymptoten.

Daher machen zwei Anschmiegende derselben Grössenart, die einander zunächst liegend sich zu Einer vereinigen, ein Curvenindividuum aus, welches aus solchen zwei Zweigen besteht.

§. 16.

Ist die Anzahl der Grade der Gleichung n, so gibt es n reelle und n imaginäre durch den Mittelpunkt gehende Asymptoten. Daher n reelle und n imaginäre Curvenindividuen.

§. 17.

Wenn ein aus dem Unendlichen kommendes Curvenindividuum bei einer der beiden nächstgelegenen Asymptoten seiner Art wieder ins Unendliche zurückgeht, so wird es mit Einem Curvenindividuum der anderen Grössenart sich schneiden oder kreuzen. Überspringt es aber eine oder mehrere Asymptoten seiner Art ehe es wieder zurückgeht, so wird es sich mit so viel mehreren Curvenindividuen der anderen Art kreuzen, als wie viele Asymptoten seiner Art es überspringt. In jenem Falle werden die n reellen und n imaginären Eins um Eins wechselnden Curvenindividuen n Kreuzungen bewerkstelligen; in diesem Falle aber so vielmal n Kreuzungen, die wievielte Asymptote jedes Curvenindividuum für seinen Rückgang ins Unendliche wählt. Dann müsste aber eine Gleichung von n Graden, z. B. $2n$ oder $3n$ etc. Wurzeln haben, was nicht möglich ist. Vielmehr sind zur Gleichung von n Graden gerade auch n Factoren von der Form $x \pm x_1 = 0$, wo x_1 den Werth der Wurzel andeutet, hinreichend, so wie erforderlich. Daraus ersehen wir, dass jedes Cur-

venindividuum nur Ein Mal ein Curvenindividuum der andern
Art schneidet, und zwar eines der beiden nächsten.

Die Entfernung des Schnittpunktes von der Axe $y=0$ zeigt
den reellen, die von der Axe $z=0$ den imaginären Theil der
Wurzel an.

<h3 style="text-align:center">§. 18.</h3>

Eine Gleichung mit nur reellen Coëfficienten bewirkt, dass
die Schnittpunkte der beiden Curvenarten, die Wurzelpunkte, auf
den beiden Seiten der Axe $z=0$ symmetrisch liegen. Denn nur
durch Wurzelpaare wie $y \pm z\sqrt{-1}$ können beim Einsetzen des
Wurzelwerthes in die gegebene Gleichung die imaginären Grössen schwinden. Ebenso würden lauter imaginäre Coëfficienten die
Wurzelpunkte auf den Seiten der Axe $y=0$ symmetrisch legen;
aber mit Eintausch der reellen Grössen gegen die imaginären
fällt solches weg. Lauter oder zum Theil complexe Coëfficienten
werden im Allgemeinen keine Symmetrie herbeiführen.

<h3 style="text-align:center">§. 19.</h3>

So gehören vier Asymptotenhälften, vier Curvenzweige, zu
Einer Wurzel. Solche Gruppen von je vieren haben dann keinen
durch Curven oder Linien bewerkstelligten Zusammenhang unter
einander. Auf jedem Quadranten liegen bei einer Gleichung von
n Graden n Asymptotenhälften, n Curvenzweige. Die vier Quadranten reichen demnach mit dem, was sie enthalten, zu den
n Wurzeln gerade aus.

<h3 style="text-align:center">§. 20.</h3>

Um nun die Stellen des Schema's zu finden, wo zwei Nullcurven, d. h. Curven, deren Punkte eine Grössenart des Werthes
der Gleichung zu 0 machen, einander schneiden, und eine Wurzel
darstellen, tritt man am sichersten und einfachsten an gewissen
bestimmten Stellen aus dem Unendlichen in das Schema ein,
welche Stellen wir Pforten nennen wollen. Eine Pforte ist die
Mitte des Zwischenraumes zwischen jenen beiden Asymptoten,
zwischen welchen die aufgefassten Punkte den Werth der Gleichung in beiden Grössenarten mit dem umgekehrten Vorzeichen
von dem versehen, welches jede Grössenart ausserhalb jeder
Curve und im Mittelpunkte des Schema's hat. Zuerst nehme man

ein ziemlich grosses r und das für die Pforte sich ergebende α. So thut man den ersten Schritt auf das Schema. Bei sehr grossem r werden die beiden Theile des Werthes der Gleichung, von $\sqrt{-1}$ abgesehen, ungefähr gleich werden. Bei kleinerem r tritt eine stärkere Ungleichheit hervor. Hier wird man das α um einige wenige oder mehrere Grade ändern, aber im erforderlichen Sinne, um bei einem weiteren Schritte auf den Mittelpunkt des Schema's los die Ungleichheit zu mindern, eingedenk dessen, dass bei kleinen Zwischenräumen der Asymptoten die Werthe sehr stark sich ändern. Es darf vorkommen, dass man eine der beiden nächsten Nullcurven überschreitet; aus den vier Curvenzweigen, die sich schneidend den Wurzelpunkt bezeichnen, kommt man nicht so leicht unversehens heraus. Verirrte man sich aus ihrem Bereiche, so könnte man, wenn man sich nicht durch die Kleinheit eines Theiles des Werthes an ihre Nähe erinnern liesse, leicht in das Bereich von zwei anderen sich schneidenden Curvenindividuen gelangen, zu welchem ordnungsmässig eine andere Pforte führt.

§. 21.

Man rechnet, freilich mit leicht zu erkennenden Ausnahmen, am besten mit Logarithmen. Ehe man aber dem Wurzelpunkte nahe gekommen ist, nehme man nur abgekürzte, wohl sogar zweistellige Logarithmen, später dreistellige, wenn nicht sogleich. Je näher man dem Wurzelpunkte kommt, d. h. je kleiner die beiden Theile des Werthes der Gleichung werden, um so mehrstellige Logarithmen wende man an.

Um mit einiger Sicherheit die Richtung zu finden, in welcher man von einem beliebigen schon aufgefassten Punkte aus den Wurzelpunkt zu suchen hat, denke man sich einen Kreis um den aufgefassten Punkt beschrieben, dessen Radius $=r_1$, in welchem Kreise von jenem r_1 aus, welches vom Mittelpunkte des Schema's wegwärts liegt, die Winkel α_1 in derselben Richtung wie im Schema positiv oder negativ sind. Ein auf dem Kreise liegender Punkt wird die folgenden Ausdrücke für seine Entfernungen von den Axen haben:

$$y = r \sin \alpha + r_1 \sin (\alpha + \alpha_1),$$
$$z = r \cos \alpha + r_1 \cos (\alpha + \alpha_1).$$

Setzt man in 2) diese Werthe ein, so entsteht 3) mit folgenden Zusätzen. Zum Reellen:

$$r_1\begin{cases} \sin\alpha_1(+(b\cos\alpha+b_1\sin\alpha)+2(c\sin 2\alpha-c_1\cos 2\alpha)r-3(d\cos 3\alpha+d_1\sin 3\alpha)r^2 \\ \qquad\qquad -4(e\sin 4\alpha-e_1\cos 4\alpha)r^3+\ldots\quad .=\ (\mathrm{I}). \\ +\cos\alpha_1(+(b\sin\alpha-b_1\cos\alpha)-2(c\cos 2\alpha+c_1\sin 2\alpha)r-3(d\sin 3\alpha-d_1\cos 3\alpha)r^2 \\ \qquad\qquad +4(e\cos 4\alpha+e_1\sin 4\alpha)r^3+\ldots\ \ldots=\ (\mathrm{II}). \end{cases}$$

$$+r_1^2\begin{cases} \sin 2\alpha_1(+(c\sin 2\alpha-c_1\cos 2\alpha)-3(d\cos 3\alpha+d_1\sin 3\alpha)r-6(e\sin 4\alpha-e_1\cos 4\alpha)r^2 \\ \qquad\qquad +10(f\cos 5\alpha+f_1\sin 5\alpha)r^3+\ldots=\ (\mathrm{III}). \\ +\cos 2\alpha_1(-(c\cos 2\alpha+c_1\sin 2\alpha)-3(d\sin 3\alpha-d_1\cos 3\alpha)r+6(e\cos 4\alpha+e_1\sin 4\alpha)r^2 \\ \qquad\qquad +10(f\sin 5\alpha-f_1\cos 5\alpha)r^3-\ldots=\ (\mathrm{IV}). \end{cases}$$

$$+r_1^3\begin{cases} \sin 3\alpha_1(-(d\cos 3\alpha+d_1\sin 3\alpha)-4(e\sin 4\alpha-e_1\cos 4\alpha)r+10(f\cos 5\alpha+f_1\sin 5\alpha)r^2 \\ \qquad\qquad +20(g\sin 6\alpha-g_1\cos 6\alpha)r^3-\ .\quad .=(\mathrm{V}). \\ +\cos 3\alpha_1(-(d\sin 3\alpha-d_1\cos 3\alpha)+4(e\cos 4\alpha+e_1\sin 4\alpha)r+10(f\sin 5\alpha-f_1\cos 5\alpha)r^2 \\ \qquad\qquad -20(g\cos 6\alpha+g_1\sin 6\alpha)r^3-\ldots=(\mathrm{VI}). \end{cases}$$

$$+r_1^4\begin{cases} \sin 4\alpha_1(-(e\sin 4\alpha-e_1\cos 4\alpha)+5(f\cos 5\alpha+f_1\sin 5\alpha)r+\ldots\ldots\quad .=(\mathrm{VII}). \\ +\cos 4\alpha_1(+(e\cos 4\alpha+e_1\sin 4\alpha)+5(f\sin 5\alpha-f_1\cos 5\alpha)r-\qquad\qquad .=(\mathrm{VIII}). \end{cases}$$

und so weiter.

Zum Imaginären:

$$r_1 \begin{cases} \quad\sin\alpha_1[-(\text{II})]. \\ +\cos\alpha_1[+(\text{I})]. \end{cases}$$

$$+r_1^2 \begin{cases} \quad\sin 2\alpha_1[-(\text{IV})]. \\ +\cos 2\alpha_1[+(\text{III})]. \end{cases}$$

$$+r_1^3 \begin{cases} \quad\sin 3\alpha_1[-(\text{VI})]. \\ +\cos 3\alpha_1[+(\text{V})]. \end{cases}$$

$$+r_1^4 \begin{cases} \quad\sin 4\alpha_1[-(\text{VIII})]. \\ +\cos 4\alpha_1[+(\text{VII})]. \quad\text{u. s. w.} \end{cases}$$

Hier kann man in jeder beliebigen Richtung vom aufgefassten Punkte aus untersuchen, wie weit die eine oder die andere Nullcurve, so genau als man will, entfernt ist.

Zuerst nehme man, um einstweilen die Logarithmen entbehren zu können, $\alpha_1 = +90°$ oder $= 180°$ oder $-90°$ Dann kann man schon sagen, in welchem Quadranten des Hilfskreises der Wurzelpunkt liegt, oder auch, ob er nahe an einer der drei Richtungen liegen wird etc. Man kann sodann noch eine entsprechende Zwischenrichtung nehmen, entweder $\alpha_1 = +135°$ oder $= -135°$, oder eine andere, um genauer die Lage des Wurzelpunktes zu erfahren. Dem entsprechend wählt man dann den neuen Standpunkt, dessen r und α man in Formel 3) neu einsetzt.

§. 22.

Ist man schon sehr nahe gekommen, so finden sich besondere Mittel, dem Wurzelpunkte auf ganz sicherem Wege beliebig nahe zu kommen.

Um zu erfahren, um wie Vieles das r zu ändern ist, damit es der einen oder andern Curve nahe genug ende, setze man Δr, (wie es am thunlichsten) so klein, dass man jede Potenz desselben in etwa vernachlässigen kann. Aus der Formel 3) erhält man den Coëfficienten des Δr wie folgt:

$$\Delta r. \begin{cases} \quad+(\text{II}). \\ \pm\sqrt{-1}\cdot(+(\text{I})). \end{cases} \quad\text{[Vergl. Formel 4].} \qquad 5)$$

Nachdem man also die Producte, durch deren Summirung man den Werth der einen und der andern Grössenart gefunden hat, einzeln mit dem je betreffenden Exponenten multiplicirt und diese Producte so wieder in jeder Grössenart besonders summirt hat, dividire man mit der Summe des Reellen den mit dem zuletzt angewandten r multiplicirten Werth, den das Reelle im Punkte desselben r hat. Der Quotient ist Δr für das Reelle. Ganz analog erhält man das zum Imaginären gehörende Δr.

Um zu erfahren, um wie Vieles α zu ändern ist, damit es nahe genug bei der einen oder andern Curve aufhöre, setze man (wie es eben am thunlichsten ist) das $\Delta\alpha$ so klein, dass man z. B. für $\sin(\alpha+\Delta\alpha)$ setzen kann $\sin\alpha+\cos\alpha.\Delta\alpha$. Demgemäss entsteht aus 3):

$$6) \qquad \Delta\alpha\,.\,\begin{cases}+(\mathrm{I}).r\\ \pm\sqrt{-1}.[-(\mathrm{II})].r \quad \text{Vergl. Formel 4).}\end{cases}$$

Dieselben Zahlen also, mit welchen man bei der Ermittlung des Δr dividirt, gebraucht man mit gehöriger Umtauschung und einem Vorzeichenwechsel zur Ermittlung des $\Delta\alpha$; nur lässt man die Werthe der Gleichung, die sie auf dem erreichten Punkte hat, unverändert, multiplicirt sie nicht mit r. Man findet leicht das $\Delta\alpha$ für Reelle und fürs Imaginäre.

Das erhaltene $\Delta\alpha$ ist, wenn es noch einigermassen gross sich ergibt, ungenauer als das Δr, welches um so ungenauer, je grösser es ist. — Setzt man dem α ein $\Delta\alpha$ zu, so ist die Formel des Zuwachses in 6) noch einigermassen richtig, wenn $\cos(n.\Delta\alpha)=1$, wo n die Anzahl der Gleichungsgrade, gelten kann. $n.\Delta\alpha$ kann man von 0 bis $0{,}0004363323=1'30''$ so annehmen. Darum ist $\Delta\alpha$ nur dann ziemlich genau, wenn es nicht grösser als $\dfrac{0{,}0004363323}{n}$ sich ergibt.

§. 23.

So wird man von dem Einen aufgefassten oder berechneten Punkte aus auf vier Punkte hingewiesen, wovon zwei der reellen Nullcurve, und zwei der imaginären Nullcurve näher rücken. Weil das kleinere $\Delta\alpha$ und Δr das genauere ist, lassen wir solche die massgebendere Rolle spielen. Es wird darauf ankommen, wie weit die nächste Curve entfernt ist in der Richtung des Radius, und wie gross die grösste Nähe der anderen Curve ist in der Kreisrichtung. — Zunächst untersuchen wir, in welchen Richtungen vom aufgefassten Punkte aus das Reelle und das Imaginäre des Werthes der Gleichung die stärkte Annäherung an 0 haben.

Zu diesem Zwecke denken wir den Kreis in §. 21 von so kleinem Radius, dass jede Potenz desselben vernachlässigt werden kann und nur r_1 selbst zu beachten bleibt.

Man hat im Reellen:

$$r_1 \begin{cases} \sin \alpha_1 \, \text{(I)} \\ + \cos \alpha_1 \text{(II)} ; \end{cases}$$

7)   im Imaginären:

$$r_1 \begin{cases} \sin \alpha_1 \, [-\text{(II)}] \\ + \cos \alpha_1 \text{(I)}. \end{cases}$$

Nun ist der Coëfficient des r_1 in jeder Grössenart so einzurichten, dass er dem Übrigen am stärksten entgegenwirkt. Wir setzen also im Reellen: $\text{(I)} . \sin \alpha_1 + \text{(II)} . \cos \alpha_1 = \text{Maximum}$, im Imaginären: $-\text{(II)} \sin \alpha_1 + \text{(I)} . \cos \alpha = \text{Maximum}$. Jenes ist ein Maximum, wenn $\operatorname{tg} \alpha_1 = \dfrac{\text{(I)}}{\text{(II)}}$, dieses aber, wenn $\operatorname{tg} \alpha_1 = - \dfrac{\text{(II)}}{\text{(I)}}$.

Daraus geht hervor, dass die Richtungen der stärksten Annäherungen zum Werthe 0 in jedem beliebigen Punkte einen Rechten Winkel einschliessen. Wäre nun zufällig der aufgefasste Punkt dem Schnittpunkte beider Curven sehr nahe gelegen, so würde uns der Winkel, unter welchem sie sich schneiden, hiemit als ein Rechter gezeigt werden.

Das α_1, welches man in einer Grössenart errechnet, ist eben so leicht auch dasjenige, wodurch die stärkste Entfernung vom Werthe 0 herbeigeführt wird. In jedem einzelnen Falle erkennt man dieses leicht schon an den Vorzeichen des Einen und des Andern. Man hat dann das α_1 um π zu ändern.

§. 24.

Sobald man ausser den kleinsten Δr und $\Delta \alpha$ (hier bezüglich AB und AC) auch die Richtung der stärksten Annäherung an 0 hat, findet man die Entfernung des Schnittpunktes der Curven sammt der dahin führenden Richtung aus den Maassen der Δr und $\Delta \alpha$ und aus dem Richtungswinkel α_1.

Die Entfernung $AF = \sqrt{AD^2 + AE^2}$.

$$AD = AB \cdot \cos BAD = \Delta r \cdot \cos \alpha_1.$$
$$AE = \Delta \alpha \cdot \cos \alpha_1.$$
$$AF = \sqrt{\Delta r^2 + \Delta \alpha^2} \cdot \cos \alpha_1.$$

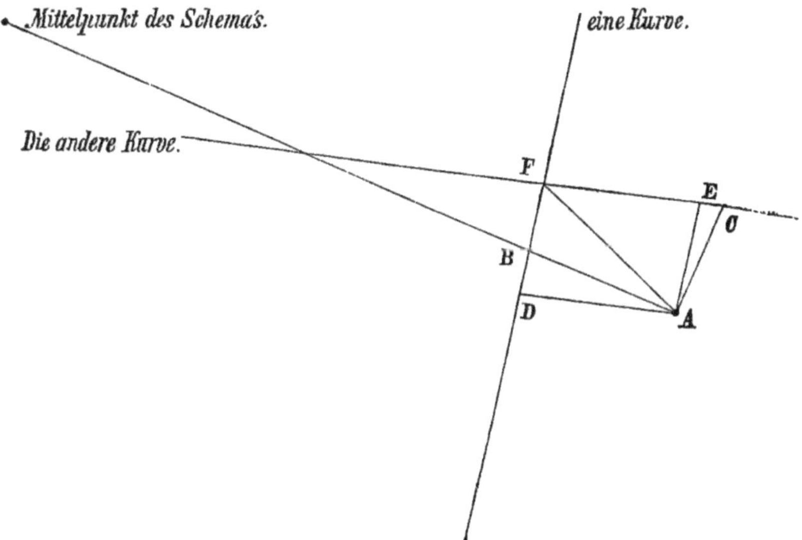

Der Winkel $BAF + \alpha_1$ hat zur Tangente:

$$\frac{DF}{AD} = \frac{\Delta \alpha}{\Delta r}.$$

Daraus der Winkel BAF.

$AF \cdot \sin BAF$ ergibt die Änderung des α; die Zahl verwandle man nach der bekannten Tabelle in Minuten und Secunden.

$AF \cdot \cos BAF$ ergibt die Änderung des r.

Das neue r und das neue α setze man in die Formel 4) ein, um in Bezug hierauf den Werth der Gleichung zu erfahren. Ist derselbe dem 0 noch nicht nahe genug gekommen, so wiederhole man das so eben auseinandergesetzte Verfahren.

§. 25.

Um uns vorstellig zu machen, wie bei der Identität mehrerer Wurzeln die Curven laufen, denken wir uns zuerst zwei sehr nahe beisammen liegende Wurzelpunkte. Die beiden Curvenzweige, welche nach dem andern Wurzelpunkte hin aus der Kreuzung für den einen Wurzelpunkt auslaufen, werden keinen grossen Krümmungsradius haben, und keine grossen Schwenkungen machen können, weil sonst diese Curvenzweige ausserdem noch vier Schnittpunkte, noch vier Wurzeln herbeiführen würden. Je näher also die beiden Wurzelpunkte beisammen liegen, um so kürzer werden die Krümmungsradien, und um so rascher müssen die sich kreuzenden Curven in ihrem weiteren Verlaufe sich zurückwenden, um einander nicht zu schneiden.

Lassen wir nun die beiden Wurzelpunkte in Einen zusammenfallen, so werden von diesem acht Curvenzweige ausgehen. Die Krümmungsradien der vier Curvenindividuen werden am Schnittpunkte alle $=0$. Man findet keinen Grund, warum die acht Zweige ungleiche Winkel einschliessen sollten.

Die sich in einem einfachen Wurzelpunkte kreuzenden Curven bilden vier rechte Winkel, wovon einer ausserhalb jeder Curve, drei innerhalb ihrer liegen. Im Zusammenfallen zweier Wurzelpunkte vereinigten sich die mit den Schenkeln auf einander losfahrenden zwei äusseren rechten Winkel zu einem Punkte, und die bisher über die je zwei Punkte grösster Krümmung der äusseren Curventheile hinaus liegenden Räume werden zu einem Paare von Scheitelwinkeln, jeder $=\frac{1}{2}$Rechten. Die je drei inneren rechten Winkel verminderten sich alle zu hälben Rechten, welcher ja auch früher schon an einer je bestimmten wegwärts liegenden Stelle zwischen den Curvenzweigen vorhanden war, als sie noch allein in einem Punkte sich kreuzten.

Um einen dreifachen Wurzelpunkt herum sind demnach die Quadranten in drei gleiche Theile getheilt. Denkt man alle n-Wurzeln einer Gleichung vom $n$ten Grade einander gleich, so kommen die $4n$ Curvenzweige zu dem Einen Punkte wie Strahlen zusammen, die $360°$ in $4n$ gleiche Theile theilend, während die Asymptoten in allen Fällen ebenso im Mittelpunkte des Schema's zusammenkommen.

§. 26.

Auf das Verfahren beim Aufsuchen eines solchen Wurzelpunktes üben diese Umstände keinen Einfluss. Die Entfernungen

Δr und $\Delta \alpha$ und der Winkel α_1 nach seiner Grössenart sind nur Resultate des **Punktes**, auf welchen man bisher gelangt ist. Wie dieselben beim einfachen Wurzelpunkte genügen, um ihm näher zu kommen, so genügen sie auch beim mehrfachen.

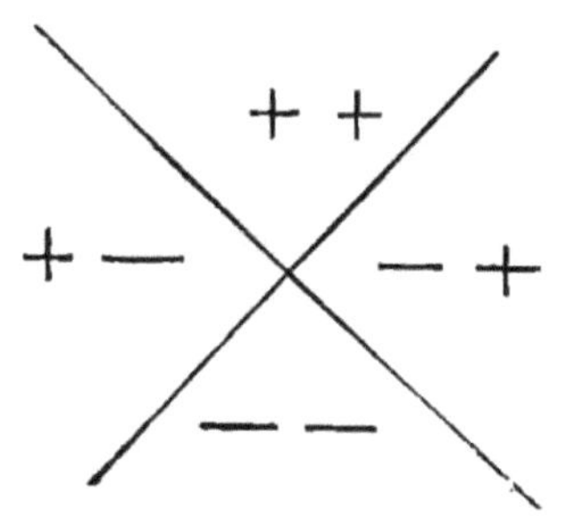

Ein einfacher Wurzelpunkt hat um sich her viererlei Zusammenstellungen der Vorzeichen im Werthe der Gleichung. In einem Quadranten sind beide Grössenarten positiv; in einem benachbarten das Reelle positiv, das Imaginäre negativ; im folgenden beide negativ; im folgenden das Reelle negativ, das Imaginäre positiv.

Ein zweifacher Wurzelpunkt hat zu den Zusammenstellungen der Vorzeichen nur halbe Quadranten, wovon jeder aber noch einmal, gerade gegenüber, wiederkehrt. Die Verhältnisse beim mehrfachen Wurzelpunkte erkennt man hienach leicht.

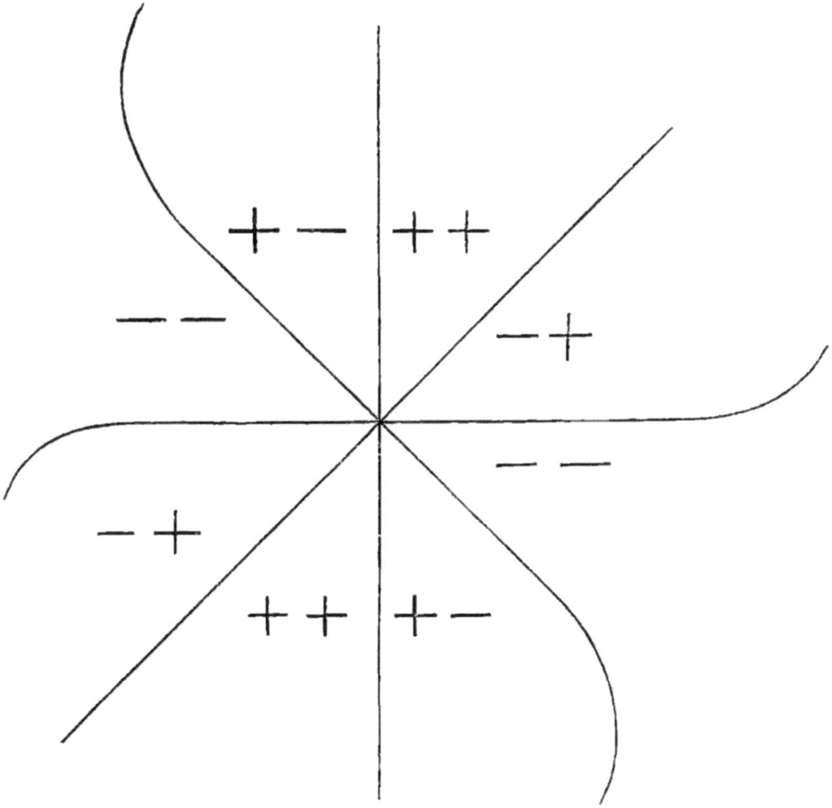

Durch $\Delta\alpha$, Δr und α_1 kommt man bei mehrfachen Wurzelpunkten leichter in die Nähe einer Nullcurve, und hier bietet sich ein Erkennungsmittel der Mehrfachheit des Wurzelpunktes dar. Wenn nämlich bei der verschiedene Male behufs Annäherung zum Punkte veranstalteten Zeichnung die Lage des Curvenkreuzes eine auffallend verschiedene wird gegen eine frühere, so schliesst man daraus, dass aus den mehreren sich kreuzenden Kreuzen einmal das eine, das andere Mal das andere gezeichnet wurde.

Beispiel.

Aufstellung einer Gleichung nach 1).

$$0 = +1 - 8\sqrt{-1} + (+2 - 7\sqrt{-1})x + (-3 + 6\sqrt{-1})x^2$$
$$+ (-4 + 5\sqrt{-1})x^3 + (+5 - 4\sqrt{-1})x^4 + (+6 - 3\sqrt{-1})x^5$$
$$+ (-7 + 2\sqrt{-1})x^6 + (-8 + \sqrt{-1})x^7.$$

Der Coëfficient der höchsten Potenz kann freilich durch eine leichte Division werden $= +1$,

$$\left(\text{nach } \frac{a + b\sqrt{-1}}{c + d\sqrt{-1}} = \frac{ac + bd + (bc - ad)\sqrt{-1}}{c^2 + d^2}\right);$$

dann würde aber hier wenigst die Regelmässigkeit der Zahlen verhüllt werden.

Umwandlung nach 4):

$$+1 + (+2\sin\alpha + 7\cos\alpha)r - (-3\cos 2\alpha + 6\sin 2\alpha)r^2 -$$
$$(-4\sin 3\alpha - 5\cos 3\alpha)r^3 + (+5\cos 4\alpha - 4\sin 4\alpha)r^4 +$$
$$(+6\sin 5\alpha + 3\cos 5\alpha)r^5 - (-7\cos 6\alpha + 2\sin 6\alpha)r^6 -$$
$$(-8\sin 7\alpha - \cos 7\alpha)r^7$$

$$\pm\sqrt{-1}\begin{cases} -8 + (+2\cos\alpha - 7\sin\alpha)r + (-3\sin 2\alpha - 6\cos 2\alpha)r^2 - \\ (-4\cos 3\alpha + 5\sin 3\alpha)r^3 - (+5\sin 4\alpha + 4\cos 4\alpha)r^4 + \\ (+6\cos 5\alpha - 3\sin 5\alpha)r^5 + (-7\sin 6\alpha - 2\cos 6\alpha)r^6 - \\ (-8\cos 7\alpha + \sin 7\alpha)r^7. \end{cases}$$

In der Mitte des Schema's und ausser allen Curven ist das Reelle positiv, das Imaginäre negativ. Für die Lage der Asymptoten nach §. 9:

$$-8\sin 7\alpha - \cos 7\alpha = 0 \text{ für eine reelle Asymptote.}$$

$$\alpha = -1° 1' 4'', 29,$$

also zunächst die nach Norden erste reelle Asymptote.

$$\frac{90°}{7} = 12° 51' 25'', 71.$$

Also $+11° 50' 12'',42$ ist der Winkel der nächst südlichen imaginären Asymptote.

In $-8\sin 7\alpha - \cos 7\alpha = 0$ ist $-8\sin 7\alpha$ das Positive, $-\cos 7\alpha$ das Negative, welches sich einander aufhebt. cf. §. 10 und 11. Wird α kleiner, so überwiegt das Negative, und wir sind im Aussenraume der reellen Nullcurven; α grösser, bringt uns in den Innenraum. Man beachte die Vorzeichen: $-(-8\sin 7a$... und $-(-8\cos 7\alpha$... auf voriger Seite. So liegt Axe $y=0$ ausser der reellen Curve. Wenn $\alpha = +11° 50' 12'',42$ (siehe oben), so ist $-8\cos 7\alpha + \sin 7\alpha = 0$, wo $-8\cos 7\alpha$ das Negative, $+\sin 7\alpha$ das Positive ist. Wächst α, so wird die Summe positiv, und wir sind im Aussenraume der imaginären Nullcurven. So liegt Axe $y=0$ innerhalb einer imaginären Curve.

$\alpha = +24° 41' 38'',14$ ist wieder reelle Asymptote, worauf der Innenraum einer reellen Curve folgt, bis an die Aspt.: $+50°$ $24' 29'', 56.$ $\alpha = +37° 33' 3'',85$ eine imaginäre Asymptote, worauf bis $+63° 15' 55'',28$ der Innenraum einer imaginären Curve vorkommt. Die erste Pforte ist also in $+43° 58' 46'',71$, wofür wir in Rechnung nehmen: $+43° 59'$. cf. §. 20. Die übrigen Pforten folgen in Zwischenräumen von $\frac{360°}{7}$, wie folgt: $+95°$ $24'$; $146° 50'$; $198° 16'$; $249° 42'$; $301° 7'$; $352° 33'$.

Nehmen wir in Formel 3) einsetzend zuerst $r=10$, $\alpha = 43°$ $59'$ nach §. 21. Die Summe des Reellen wird -564241^2, des Imaginären $+639519^2$, wo die kleine obenan geschriebene Ziffer die Stellenzahl angibt, welche an dieser Seite weggelassen wurden. Von unserem aufgefassten Punkte ist also die imaginäre Curve im Norden weiter entfernt als die reelle im Süden,

In Hinsicht der Geringfügigkeit des Unterschiedes dürfen wir jedoch wagen, das α beibehaltend, $r=3$ zu setzen. Auf diesem neuen Punkte ergeben sich die Werthe der Gleichung:

$$-13522{,}9+17122{,}8\sqrt{-1}.$$

Angesichts dieses Resultates dürfen wir auch noch $\alpha=43°59'$, $r=2$ nehmen. Die verschiedenen Summanden werden: reell:

$$+1+12{,}852-23{,}559-2{,}940-84{,}338-196{,}831$$
$$+79{,}669-729{,}666\,;$$

imaginär:

$$-8-6{,}844-12{,}844-51{,}140+58{,}166-85{,}659$$
$$+459{,}065+729{,}819.$$

Werth der Gleichung auf diesem Punkte:

$$-943{,}813+1082{,}563\sqrt{-1}.$$

Wenn in Formel 4) (§. 21) $\alpha_1=180°$ gesetzt wird, so wird die Formel im Reellen:

$$-943{,}813+2997{,}121r_1-4158{,}667r_1^2+3281{,}692r_1^3$$
$$-1588{,}236r_1^4+470{,}056r_1^5-78{,}562r_1^6+5{,}701r_1^7\,;$$

im Imaginären:

$$+1082{,}563-3740{,}769r_1+5584{,}579r_1^2-4256{,}237r_1^3$$
$$+2003{,}719r_1^4-562{,}342r_1^5+86{,}997r_1^6-5{,}702r_1^7.$$

Setzen wir hier $r_1=1$, so gelangen wir auf den Punkt $\alpha=43°59'$, $r=1$, und finden für denselben den Werth der Gleichung:

$$-14{,}708-7{,}192\sqrt{-1},$$

und erkennen, dass selber Punkt innerhalb der reellen, ausserhalb der imaginären Curve liegt, obgleich nahe an beiden, und dass deren Kreuzpunkt im Süden dieser Stelle liegt. Darum suchen wir den Werth des Punktes $\alpha=+45°$, $r=1$, welcher auch ohne Logarithmen leicht gefunden werden kann. Setzen wir $\sin$ und $\cos 45°=0{,}7071068$, so finden wir den Werth der Gleichung auf unserm neuen Punkte:

$$-13{,}6568544-5{,}6568544\sqrt{-1}.$$

Aus den ihn constituirenden Summanden ergibt sich die Formel 4) in folgender Gestalt:

$$\mathrm{R\,e\,e\,l\,l\,e\,s:}$$

$$-13{,}6568544$$

$$+r_1\begin{cases} \sin\alpha_1(+63{,}3137088) \\ +\cos\alpha_1(-82{,}2253984) \end{cases}$$

$$+r_1^2\begin{cases} \sin 2\alpha_1(+219{,}3380976) \\ +\cos 2\alpha_1(-175{,}7056320) \end{cases}$$

$$+r_1^3\begin{cases} \sin 3\alpha_1(+351{,}1614768) \\ +\cos 3\alpha_1(-217{,}5878848) \end{cases}$$

$$+r_1^4\begin{cases} \sin 4\alpha_1(+321{,}1320400) \\ +\cos 4\alpha_1(-170{,}0609720) \end{cases}$$

$$+r_1^5\begin{cases} \sin 5\alpha_1(+173{,}5218648) \\ +\cos 5\alpha_1(-98{,}3086608) \end{cases}$$

$$+r_1^6\begin{cases} \sin 6\alpha_1(+51{,}5477284) \\ +\cos 6\alpha_1(-32{,}6482332) \end{cases}$$

$$+r_1^7\begin{cases} \sin 7\alpha_1(+6{,}3639612) \\ +\cos 7\alpha_1(-4{,}9497476). \end{cases}$$

$$\mathrm{I\,m\,a\,g\,i\,n\,ä\,r\,e\,s:}$$

$$-5{,}6568544$$

$$+r_1\begin{cases} \sin\ \alpha_1(+82{,}2253984) \\ +\cos\ \alpha_1(+63{,}3137088) \end{cases}$$

$$+r_1^2\begin{cases} \sin 2\alpha_1(+175{,}7056320) \\ +\cos 2\alpha_1(+219{,}3380976) \end{cases}$$

$$+r_1^3\begin{cases} \sin 3\alpha_1(+217{,}5878848) \\ +\cos 3\alpha_1(+351{,}1614768) \end{cases}$$

$$+r_1^4\begin{cases} \sin 4\alpha_1(+170{,}0609720) \\ +\cos 4\alpha_1(+321{,}1320400) \end{cases}$$

$$+r_1^5\begin{cases} \sin 5\alpha_1(+98{,}3086608) \\ +\cos 5\alpha_1(+173{,}5218648) \end{cases}$$

$$+r_1^6\begin{cases} \sin 6\alpha_1(+32{,}6482332) \\ +\cos 6\alpha_1(+51{,}5477284) \end{cases}$$

$$+r_1^7\begin{cases} \sin 7\alpha_1(+4{,}9497476) \\ +\cos 7\alpha^1(+6{,}3639612). \end{cases}$$

Wir wissen von vorhin, dass vom aufgefassten Punkte aus
der Kreuzungspunkt südlich liegt. Darum hier $\alpha_1 = +90°$. Nehmen
wir dann $r_1 = 0,1$, so erhalten wir den Werth der Gleichung auf
dem dadurch erreichten Punkte:

$$-5,9348276 + 0,1877608\sqrt{-1},$$

woran wir erkennen, dass dieser Punkt innerhalb jeder Nullcurve liegt, aber nahe an beiden. Nehmen wir $r_1 = 0,2$, so ergibt
sich der Werth:

$$+3,0102583 + 0,8159059\sqrt{-1},$$

ausserhalb der reellen, aber noch innerhalb der imaginären.

Die beiden Punkte $r_1 = 0,1$
und $= 0,2$ liegen zu den Curven
ungefähr so, wie die nebenste-
hende Zeichnung zeigt. Wenn wir
nun $r_1 = 1,5$ annehmen, so muss
der entsprechende Punkt günsti-
ger liegen; und 1,5 entspricht
im Kreisbogen ungefähr 9° So
bekommen wir neu in Formel 3)
einzusetzen:

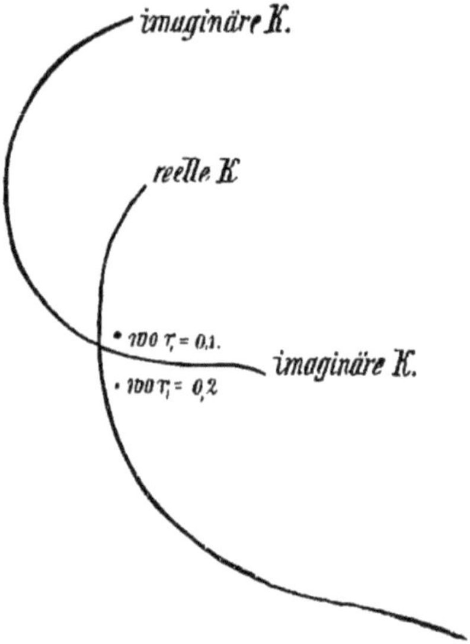

$$r = 1, \ \alpha = 54°$$

Die Summanden des Werthes
werden, nachdem die, welche
gleiche Potenzen des r haben, zusammenaddirt sind, folgende:
im Reellen:

$$+1+5,732530-6,633390-3,519214-1,693943$$
$$-6+6,838688+3,423193;$$

im Imaginären:

$$-8-4,487548-0,999068-5,349311+6,174994$$
$$+3+2,496462+7,299436.$$

Die Formel 4) wird hieraus mit leicht verständlichen Ab-
kürzungen wie folgt:

Reelles: Imaginäres:

$-0,852136$ $+0,134965$

$$r \left(\begin{matrix} s & +83,241183 \\ c & +10,126815 \end{matrix} \right. \qquad r \left(\begin{matrix} s & -10,126815 \\ c & +83,241183 \end{matrix} \right.$$

$$r \left(\begin{matrix} s2 & +240,738049 \\ c2 & +87,112683 \end{matrix} \right. \qquad r \left(\begin{matrix} s2 & -87,112683 \\ c2 & +240,738049 \end{matrix} \right.$$

$$r \left(\begin{matrix} s3 & +354,760165 \\ c3 & +186,290529 \end{matrix} \right. \qquad r \left(\begin{matrix} s3 & -186,290529 \\ c3 & +354,760165 \end{matrix} \right.$$

$$r \left(\begin{matrix} s4 & +314,102184 \\ c4 & +190,698132 \end{matrix} \right. \qquad r \left(\begin{matrix} s4 & -190,698132 \\ c4 & +314,102184 \end{matrix} \right.$$

Weiter bedürfen wir die Zahlen nicht, da schon $r_1=0,01$
für unser Bedürfniss hinreicht, was schon aus den Coëfficienten
von r_1 hervorgeht. Nehmen wir nun $\alpha_1=+90°$ und $r_1=0,01$, so
wird der Werth der Gleichung auf dem dadurch erreichten Punkte:

$$-0,028788+0,009812\sqrt{-1}.$$

Der Punkt liegt also innerhalb beider und beiden Curven
recht nahe. Dem $r_1=0,01$ entsprechen im Kreisbogen fast $35'$;
daher sei unser in Formel 3) neu eingesetzter Winkel $\alpha=54°35'$,
r aber noch $=1$.

Die Summanden wie vorhin nehmend, bekommen wir wie
folgt:

$$+1+5,686545-6,652357-3,680934-1,441136$$
$$-5,839568+6,978348+3,934276= \quad -0,014826.$$
$$-8-4,545677-0,863800-5,239345+6,238840$$
$$+3,301415+2,074314+7,037148= \quad +0,002895.$$

Der Punkt liegt wieder so, aber viel näher beiden Curven.
Schon können wir §. 22 anwenden. Wir haben für Δr nach
Formel 5):

$$\Delta r. \left(\begin{matrix} +15,786665 \\ \pm\sqrt{-1}(+81,177043). \end{matrix} \right.$$

Daraus Δr im Reellen: $\qquad = +0{,}000939,$

$\qquad\Delta r$ im Imaginären: $\qquad = -0{,}000036.$

Für $\Delta \alpha$ haben wir nach Formel 6):

$$\Delta \alpha \left(\begin{array}{l} +81{,}177043 \\ \pm\sqrt{-1}(-15{,}786665). \end{array} \right.$$

Daraus $\Delta \alpha$ im Reellen: $\ldots\ldots = +0{,}000183,$

$\qquad\Delta \alpha$ im Imaginären: $\quad . = +0{,}000183.$

Die beiden kleinsten Änderungen, welche je auf eine andere Curve sich beziehen, sind:

$$\Delta r = -0{,}000036; \; \Delta \alpha \text{ im Reellen} = +0{,}000183.$$

In der folgenden Zeichnung:

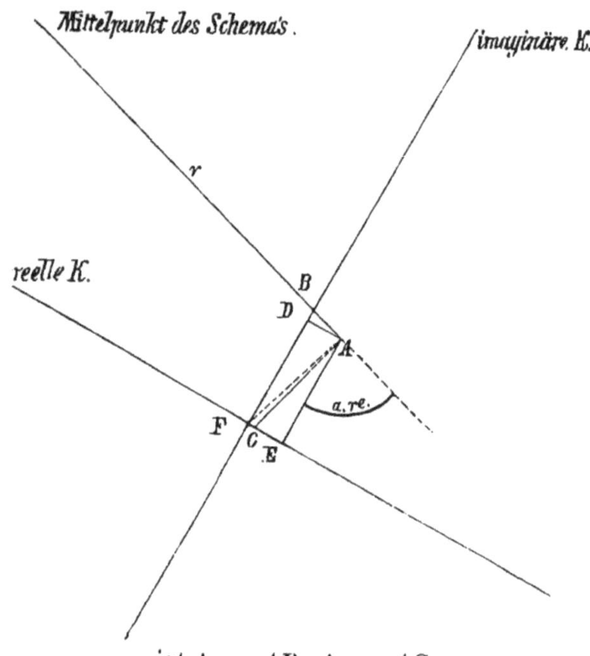

ist $\Delta r = AB$; $\Delta \alpha = AC$.

Für die Winkel der stärksten Annäherungen an 0 haben wir nach §. 23, Formel 7):

Reell: $\qquad r_1 \left(\begin{array}{l} \sin \alpha_1(+81{,}177043) \\ +\cos \alpha_1(+15{,}786665) \end{array} \right. ; \; \alpha_1 = +78°59'41\,{,}8.$

Imaginär: $\; r_1 \left(\begin{array}{l} \sin \alpha_1(-15{,}786665) \\ +\cos \alpha_1(+81{,}177043) \end{array} \right. ; \; \alpha_1 = -11°0'18''{,}2.$

α_1 im Reellen ist beizubehalten: α_1 im Imaginären ist in $+168°59'41'',8$ zu ändern. In der Zeichnung sei $CAE = BAD = 11°0'18'',2 = \alpha_{11}$.

$$AF = \sqrt{\Delta r^2 + \Delta \alpha^2} \cdot \cos \alpha_{11}.$$
$$\log AF = 6{,}2626351 - 10.$$

Winkel $CAF + \alpha_{11}$ hat zur Tangente $\dfrac{EF}{AE} = \dfrac{\Delta r}{\Delta \alpha}$; $CAF = 0°7'26'',9$.

$$\log \sin CAF = 7{,}3357615 - 10;$$
$$+ \log AF = 6{,}2626351 - 10$$
$$\overline{3{,}5983966 - 10}$$

$AF \cdot \sin CAF = -0{,}00000039664 = $ neues Δr.

$$\log \cos CAF = 9{,}9999990 - 10.$$
$$+ \log AF = 6{,}2626351 - 10$$
$$\overline{ 6{,}2626341 - 10.}$$

$AF \cdot \cos CAF = +0{,}00018308 = $ neues $\Delta \alpha$. Dem entspricht ungefähr $+37'',8$.

Das neue α können wir also nehmen:

$$= 54°35'38'',$$

während r sich nicht bemerkenswerth ändert.

Will man dem Wurzelpunkte näher kommen, so setze man dieses α und r in Formel 3) ein und wiederhole das letztere Verfahren. Mehrstellige Logarithmen wären hier sehr erwünscht.

Will man sich mit der nun erlangten Genauigkeit zufrieden geben, so hat man die Wurzel I (durch die 1. Pforte):

$$1 \cdot \sin 54°35'38'' + 1 \cdot (\cos 54°35'38'') \sqrt{-1}$$
$$= +0{,}815066 + 0{,}579368 \sqrt{-1}.$$
$$= \text{Wurzel I.}$$

Zu den übrigen sechs Wurzeln gelangt man durch die übrigen sechs Pforten.

$$1+x=0; \quad \text{Wurzel: } -1.$$

$$1+x^2=0; \quad \text{Wurzeln: } \pm\sqrt{-1}.$$

$$1+x^3=0; \qquad\qquad +\sin\frac{\pi}{6}\pm\cos\frac{\pi}{6}\sqrt{-1}; \; -1.$$

$$1+x^4=0; \qquad\qquad \pm\sin\frac{\pi}{4}\pm\cos\frac{\pi}{4}\sqrt{-1}.$$

$$1-x=0; \quad \text{Wurzel: } +1.$$

$$1-x^2=0; \quad \text{Wurzeln: } \pm 1.$$

$$1-x^3=0; \qquad\qquad -\sin\frac{\pi}{6}\pm\cos\frac{\pi}{6}\sqrt{-1}; \; +1.$$

$$1-x^4=0; \qquad \text{„} \qquad \pm 1; \; \pm\sqrt{-1}.$$

$$0=1+x+x^2+x^3=(1+x)(1+x^2). \quad \text{Wurzeln: } -1; \; \pm\sqrt{-1}.$$

$$0 = 1+x+x^2+x^3+x^4+x^5+x^6+x^7 = (1+x)(1+x^3)(1+x^4).$$

$$\text{Wurzeln: } -1; \; \pm\sqrt{-1}; \; \pm\sin\frac{\pi}{4}\pm\cos\frac{\pi}{4}\sqrt{-1}.$$

$$0 = 1+x+x^2+\ldots\ldots +x^{14}+x^{15} = (1+x)(1+x^2)(1+x^4)(1+x^8).$$

$$\text{Wurzeln: } -1; \; \pm\sqrt{-1}; \; \pm\sin\frac{\pi}{4}\pm\cos\frac{\pi}{4}\sqrt{-1};$$

$$\pm\sin\frac{3\pi}{8}\pm\cos\frac{3\pi}{8}\sqrt{-1}; \; \pm\sin\frac{\pi}{8}\pm\cos\frac{\pi}{8}\sqrt{-1}.$$

Regel für schnelle Auffindung der Wurzelpunkte, wenn die Coëfficienten solcher Gleichung alle gleich sind:

Wenn n der höchste Exponent ist, theile man den ganzen Kreis, 2π, in $n+1$ gleiche Theile, und zähle vom Punkte $r=1$, $\alpha=+90°$ an solche Theile in beiden Kreisrichtungen ab auf einem Kreise von $r=1$, bis man zum Punkte $\alpha=+270°$ gelangt; jeder theilangebende Punkt ist ein Wurzelpunkt.

Diese Regel erweist sich hinreichend zur Bestimmung der Wurzelpunkte j e d e r Gleichung, deren Coëfficienten alle einander gleich sind.